은신처에서
내려오는 봄

사이펀 현대시인선 18

# 은신처에서 내려오는 봄

© 2023 정안나

초판인쇄 | 2023년 11월 15일
초판발행 | 2023년 11월 20일

지 은 이 | 정안나
기　　획 | 계간 '사이펀'
펴 낸 이 | 배재경
펴 낸 곳 | 도서출판 작가마을
등　　록 | 제 2002-000012호
주　　소 | 부산시 중구 대청로141번길 3, 501호(중앙동, 다온빌딩)
　　　　　T. 051)248-4145, 2598　F. 051)248-0723　E. seepoet@hanmail.net


ISBN　979-11-5606-242-4 03810　정가 12,000원

※ 본 도서는 2022년 부산광역시, 부산문화재단 '부산문화예술지원사업'으로 지원을 받았습니다.

사이펀 현대시인선 ⑱

# 은신처에서 내려오는 봄

정안나 시집

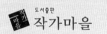
도서출판
작가마을

모르는 사람 처다보는 듯 쓴다

달맞이꽃이라 하고

양귀비꽃을 쓴다

정안나 시집

## • 차례

사
이
펀
현
대
시
인
선

⑱

## · 차례

사
이
펀
현
대
시
인
선

18

**4부**

사이펀
현대시인선
18

은신처에서 내려오는 봄 정안나

제1부

# 장희빈의 시

장희빈은 인형에 자신을 토하느라 박쥐같았다 밤의 바늘로 찌르고 뜯고 묻다 아침은 너덜너덜 품에 안기기까지 사냥꾼이 사냥감이 되는지 몰랐을까

장희빈은 사약으로 쫓아내는 인형

장희빈은 시에 자신을 토하느라 밤의 바늘로 찌르고 뜯었다 부정과 긍정의 수다를 내쫓아 갈망하는 박쥐가 될 때까지 착시를 설득하느라 두세 겹의 옷을 걸쳤다 사냥꾼이 사냥감이 되도록 갔을까

장희빈의 시인은 쫓아내야 한다는 플라톤

플라톤의 믿음을 찌르고 있다 믿음의 가장자리를 잡고 자신인지 시인지 찌르고 있다 잠들면서 끝난 바느질을 뜯고 있다 장희빈은

장희빈보다 오래 살아라

# 경찰서가 있는 풍경

공원은 꽃의 프로그램으로 걷기 시작해
얼굴을 눌러써도 자동 신고 되는 꽃은
빗자루 자국을 따라가며 물들어

헤어진 연인처럼 불쑥 말 거는
여성 안심 화장실의 붉은 경고
연인을 지키겠다는 폭력을 폭로하는 일

벌도 같은 말을 걸면
무장한 거미의 집에는
한 집 건너의 친구 거나 친척을 잡아먹는 일

여성 안심 화장실을 들고 다녀야지
안심 프로그램 부스를 들고

모퉁이 지나 경찰서를 듣느라
우리의 안전지대는
꽃이라는 이름의 경찰서가 있는 풍경이다

항상 있던 곳에 있으라는 꽃의 감옥에서

첨단시설이 꽃피는

여성 안심 화장실 지나 안심부스 지나

빨간 종이 파란 종이 줄까

경고를 끄집어내며 폭력을 폭로해


몽달귀신 달걀귀신보다 안심 화장실이 귀신인 것

# 가족은 있었던 일

소나무를 지키는 옛날 동네에 들어갈까요
동네 한 바퀴 돌면 감정을 드러내는 집이 보입니다
인사가 길어지고 있어요

엄마는 자신을 잃은 시간으로
과거에서 퉁퉁 부었습니다
요양원에서 돌보는 것이 맞는데요
집을 돌보는데 맞는
나를 볼 때마다 처음으로 어디를 사는지요

흥을 참을 수 없었던 아버지
과거에서 퉁퉁 부었습니다
잠깐씩 웃은 꽃반지에서
찢어진 피딱지는 옮겨가고 있어요

가족은 있었던 일인지 묻는 동생 부부는
빛으로 사라져
드러나면 안 되는 나름의 가족입니다
조카는 아무도 보이지 않는 방의 종교에 들고

치고받느라 퉁퉁 부은 대문에서

등 돌리면 누구냐고 소리 지르는 등으로

나쁜 놈이 사는 골목은 아닌데
나를 잡고 돌아가라는 나쁜
가족의 바깥으로 들어갑니다

소나무를 지키는 제선충 소나무는
드러나면 안되는 사건처럼 꽁꽁 묶여져 있습니다

그래도 전국적으로 번져간다고 합니다

# 곁

도와주세요

선글라스에서 내려다보는 그의 손때 묻은 사연이라네 그
녀는 죄송하다는 동전을 건네 아직도 평화의 곁을 건네는 사
람이 있네

나라에서 도와주는데 저리 다니네 옆구리를 주고받는 우
리는 평화의 곁에서 허둥대느라 제 발이 저리는가

버스에서 종교적인 곁을 건네받고 전단지의 곁을 되돌려줘

땅의 곁에서 자신조차 기대고 믿지 않는 자벌레가 자신을
돋우네

하늘의 곁을 날아서 지나가는 도시철도
서 있어도 곁이 많은 버스

우리를 겨냥한 옆구리는 열리고 발은 저리네 곁에서 내리
거나 겁에서 내리는 것이 먼저네

# 이복형제

울란 바르트의 〈평양식당〉은 장황한 주석을 깨알같이 달
며 가는 집이야 서두르고 서툴러도 달기만 해 테이블을 가
로질러 빛을 감당하는 어항이 있어 행복의 기준으로 어항은
성장하는 법이지 멀어져 찾아갈 곳이 있어

부모는 가까운 곳에 있지 부모가 잘 키운 요리를 묻고 먹
고 싶은 것이 단순해지면 공동의 땅이 생겨나 대동강도 아
끼며 물어봐 강에 빠져도 헤엄쳐 집으로 올 수 있는 심리적
거리

내 몸에 손 넣으면 동그란 것이 더 동그래져 잊고 있던 로
맨스 영화에 빠지려 팝콘을 먹는 법 대동강 맥주를 짜내서
같은 언어와 아껴 먹는 법

온전했으면 싶은 온전치 않은 부모를 둔 이복형제를 찾아
가네 오래 한 곳에 있었다며 평양의 겨울을 걸어 몽골로 찾
아가지

# 작은 것은 사라지고 큰 것은 작아지는 곳

독주하던 새가 큰 새를 이길까
작은 마트 옆에서 큰 마트가 남아날까

단정적인 어조 설명적 동작으로
문 앞을 키우는 과일상자를 따라가는 생선
옆으로 가위바위보 춤추고
옆으로 뒤집어쓰는 눈이 큰 아이는

얼마나 의리 있는 일일까
얼마나 작아지는 일일까
갑자기 작은 새가 되는 일은

어느새 어깨동무의 과정으로 쓰다듬는 스물다섯 번이다
위기의 빈말은 하지 않았으므로 24시간 불을 켜고
작은 노래와 마이크는 입구에서 날아다니며
길에 매달렸지만 의리는 쓸만한 것일까

새가 새를 잡아먹는다

중얼거리는 큰 새가 쉬지 않고 오는데
작은 건 자신이 아니라며 살과 뼈를 붙여 당분간 크다

〉
작은 것은 사라지고 큰 것은 작아진다
새가 새를 재무장할 때까지
식사 기도의 뻐꾸기 새끼는 누구의 입보다 큰 입

여기는 멈추지 않고 지는 일

# 부산이라는 가마뫼에는

음소거해주세요

가마솥의 우암동은 소 막사가 많아 6.25 때 함경도민이 피난와 소 막사에 살기도 했네 배급의 밀가루는 고향의 밀가루 냉면을 만들어 그것이 밀면의 시작이라는

밀면 냄새나는 비대면 강의

나는 골목의 판잣집에 들락거리네 이북 사투리의 골목은 냉면을 잃기 전에 밀가루 반죽으로 똘똘 뭉치네 양복점 지나 보리밥에서 우암동 밀면 맛집으로 물밀면 비빔밀면 주물럭을 시작하네

그는 강사보다 전투적인 소리로 밀면 먹으러 갈래 특별히 밀면 먹자며 목소리를 찾아가 찾아낸 이후는 못이기는 기운으로 달짝지근해

밀면은 음소거해주세요

영도다리에서 만나자는 피난민들의 약속이 있어 그 아래 죽었는지 살았는지 약속을 받아들이는 점집을 즐비하게 만

드는 것 나쁜 쪽으로 흘리지 않았다

냉면은 커버하며 국수보다 달짝지근한 약속이 있어 고향
을 묶어놓은 밀면을 만드는 것 나쁜 쪽으로 흘러가지 않았
다

고지도는 보리밥만 한 약속을 소 막사에 묶어두네

# 사람 친구의 기분

나를 보고 싶어 초등학교 동창회에 가보았다
의무도 없이 한자리에 모여
더 구체적인 팔자걸음만으로
부었거나 들어간 국민이 가능해

나를 채워 넣는 붕어빵을 나누다
터널 들어갈 때 멀미를 느끼는 보라색에서 부터
터널 나올 때까지 라디오 진행자처럼 이야기하던 나는
보라색과 비슷하다 덜렁대거나 똑같다

도로와 나란히 걷는 공원길에서
굴복을 모르는 모자를 썼다
포스터의 모자를 벗으며 뚱뚱해져
낮아지는 키는 더 낮추고
공원에서 돌아간 나도 있어

나는 오래 어떻게 생겼나 동창회에 가보았다
쌀집에서 쌀집으로
아이도 어른도 구석기로 돌아가지 못해
달이 사라질 때까지 대들다
어디서나 있을법한 초등학교는 없어지고

어디서나 공원을 지나다니는 모습으로

하루 지나면 잘 씻으나 못 씻으나 똑같다는 곳은
가장 멀리서 찾아볼 때
내 키만 한 고무줄이 날아가는 이만큼
나를 보고 싶은 동창회에 가보았다

# 신의 목소리

아이를 데리고 있다는 신의 목소리다 아이 이름을 부르는 신의 목소리다 가족사진을 쓰는 아이가 맞아

재물이 궁하지 아이가 궁하진 않다는 신의 서사를 따라가는 오체투지에서

밤새 입시 기도하고 신의 자리를 보았을 때 신의 자리에만 비가 오지 않았다 기분 좋은 천국의 짠맛이었다

신은 칭찬을 잘해 칭찬 쪽으로 기어가면 아이는 데려 올수 있을까 아이는 될 수 있을까 절반은 몸 섞은 소금 기둥으로 서사를 흔드느라 주연과 조연을 한 방향으로 몰고 깃발을 흔드는 다큐멘터리 전문 감독의 추임새에서

신이 천국을 만드는 날 돌연변이의 그 목소리에서 내 목소리를 다 썼다 화장실에 소금 기둥의 신을 내 던졌다

누가 저 목소리에 방울을 달지

어떤 목소리도 받지 않았다

# 전체가 보이는 연기

여기에 차려질 국수를 따라가면 저기 차려진다 저기요 부르면 뒤도 없이 조마조마한 국수집

차례가 차려지는데 화상이 저 화상이 하다 씨름선수처럼 뛰쳐나가기도 해

주인은 홀의 그녀를 부른다 장사 그만하자 나도 좀 살자고 소리 지르자 그 말을 믿는 주방의 아버지 연기에서 날아다닌다 전체가 보이는 연기

그녀는 홀에서 목적도 걱정도 없다 웃음은 차례가 없어

그녀의 국수에 끌려다닐 뿐 몸을 뒤척일 뿐 늦게 와서 먼저 먹는 나는 먼저 와서 기다리는 나는 김이 모락모락 나는 씨름 경기장은

몸을 한판 뒤집는 내가 부러워지지

# 늙지 않는 죽지 않는 매뉴얼

고향에서 출발한 다국적인 노동자들이 모여드네 쉬지 않고 싶어 쉬는 설날은 부두 근처의 마트에 모이지 A씨는 고향의 들머리를 생각하네 아이의 첫머리는 아빠가 자르고 이름을 지어야 한다네

한 무리의 애완동물 코너에 자리 잡네 레고는 그의 곁에서 늙지 않고 죽지 않는 매뉴얼을 내밀지 유리를 치면 스트레스를 받아 아프다는 분양가 백만 원의 레고네 불빛의 자장가는 실물 크기의 선잠을 키우지 분양가 칠십구만 원 레고는 자신을 노랗게 깔아뭉개며 창을 물어뜯지 제복 입은 레고는 예민한 이름을 계속 불러

휘파람을 즐기는 레고
팔려가는 레고
남겨진 소리 지르는 레고

넘쳐나는 레고

A씨는 떠받들고 떠넘기는 레고에서 이름 없는 아이가 생각나 도망친 적 없어 팔이 빠지면 붙일 것 무너지면 쌓은 어느 날은 여자아이의 머리를 자르고 사내아이 이름이 생겨날

것이네 서로의 위아래에서 웃는 설날

　자신에게 접근하는 화상통화는 건강한 웃음으로 더 나가
면 들킬 눈으로 인사하네 탑 쌓기의 지름길에서 포옹하네 서
로 때와 장소를 가리며 자랑스러워 이만큼에서 설날을 맞추
느라 웃지 않는가

# 우물의 닭

잠으로 쏟아져 들어오네 닭이 된 나무꾼을 듣네

우물에 선녀의 그림자
우물에 어머니의 그림자

나무꾼은 하늘과 땅으로 눈부셔 그림자를 껴안아 보았지
그림자를 따라가다 순식간에 햇살을 놓친 나무꾼

쩍쩍 갈라지는 소리
하늘에 닿는 땅을 부르지
낮 밤도 모르고 찢어져라 흔드는 나무꾼의 주문은
시간마다 뒤돌아보는 헛기침

하루가 자라나는 처음의 모습으로
다시 시작해 다시 시작해

바뀐 잠자리에서 나무꾼을 듣네
손도 못 쓰고 지붕에서 삭히는 거기
지붕을 따라잡는 그림자의 목쉰 이야기라네

우물의 목청이 있다면 흥건한 나무꾼의 목청이네

# 봄의 옥상에서

구름 방향으로 흘러가는 아이들의 옥상
플라타너스는 가지마다 스카프를 흔들고
펄럭이는 물을 올리는 평상으로
평상시의 한 장면으로
학생 아닌 아이들
딸 아닌 아이들
아이들에서 가장 가깝게
열심히 공부하자의 시선은
경쟁은 무언지 웃는다
눈곱에도 웃는다
동네를 물들이는
청바지에 티 하나만으로 봄
불꽃놀이를 찍어대는 봄
도움닫기를 하고 싶은
난간은 나무 앞뒤에 숨어 반복되어도
난간은 등받이 삼아 옥상을 쓰고 있다
푸른 물탱크를 따라가는
낙관은 시들지 않을 것
번식하는 후회는 세탁소에 맡길 것
옥상에서 삼 분의 일의 기지개를 편다

# 딴생각의 공터

제멋대로 휘젓는 가방 들고 하루쯤
공터의 기차를 타보라는 선생님
기차에서 떨어진 풀숲의 한잠에서
미술 선생이 되었다네

학교는 체육복 그대로 빠져나온 그때
앞으로만 보면 무슨 재미
너무 착하면 무슨 감옥
딴생각의 공터에서

고물의 맛을 얼굴에 걸어주느라 다정한 엿장수
멀쩡한 병 쇳조각이 고물에 빠지다
당신의 호주머니를 뒤지는 아이

소다 같은 만병통치의 약을 파네
발가락을 보려다 앉은뱅이는
손가락 헤아리다 눈은
감옥에서 돌아오는 난전의 퍼포먼스

그린 위에 또 그리며 끌어안은 동시상영관
바른데 또 잔뜩 바른 여자와 엄마 사이의
만화 같은 간판을 보네

결혼하기 전에 아기가 있고
얼룩진 목덜미로 돌아보는 주인공이네
시장에서부터 내리막길인 간판스타
막무가내로 엄마 없는 하늘을 만들어

영화의 퍼포먼스에 걸려 저녁이 오고
과외비는 주웠다고 집에 갖다 주면
밤의 집은 체육복으로 가릴 수 없어

동시영화관에서부터
구천 시간의 목소리는 같이 떠나
굴러다니는 농담과 닮은 동시 상영관의 간판
왼손이 하는 일을 오른손이 모르게 하느라 다정한 엿장수
하루를 펼치고 걷는 난전의 직업들

작고 작아 억울한 직업은 성실해
성실한 시장 길의 직업은 떠나네
아이도 제 방식으로 성실해져
어느 쪽을 보는지 알 수 없는 학교네

내버려 둔 딴생각의 공터에 고만고만한 아이들이 무성해

# 플래카드


공룡이 멱살 잡은 가로수

서로를 잡아 흔드는 버르장머리

작을수록 커지는 증명

붉고 푸르게 외치는 넋두리

펄럭이는 불만과 불안

말을 뒤집어쓰다 찢어진 시장바구니

거기 있기 싫은 싸구려 과자

난장판에서 코 고는 공룡

여름은 덥기를 기다리는 공룡

오늘의 바다에게 사과하는 공룡은

제2부

# 초이기주의자들

줄 세워 무릎 꿇고 인도를 닦게 하는
나치의 유대인을 대하는 사진은
급소를 걷어차이며 짓밟히는 네 사진을 보는 것이라는
머리부터 발끝까지 바닥에서 짓밟히는 네가 들끓는다는
차거나 뜨거운 바닥을 일으켜 세워
인도에서 잃은 인도주의자는 아닌
네게서 찾는 자연의 사람으로 소리지르는

숲에서 걷어차여 길의 뒤통수로 뒹구는
새끼 고양이의 주검은
급소를 걷어차이며 짓밟히는 네 주검이 뒹구는 것
머리부터 발끝까지 바닥인 네가 들끓어
새끼고양이가 되는 숲으로 보내는
길에서 잃은 인도주의자는 아닌
인도를 넘어 자연의 목덜미를 보내는

서로 짓밟고 짓밟히지 않으려 이렇게 생긴
우린 서로에게 고해성사하는
유전자를 얼떨결에 가지고 있는 편
내내 거기 있는 우리를 이제야 알아채는 편

## 그러니까 그럴만해


빨간 장화는 탁월한 선택이란 칭찬을
몇 걸음 앞에서 뒤집은 장화

칭찬 앞에서 칭찬을 뒤집어 보일 수 있나

태생이 깊은 장화는 지금 중얼중얼 무슨 일이지
죽음이 갈라놓을 때까지 지키겠다는

장화의 깊이는 포장의 표정으로
가다 서는 길에서 빠져나갈 구멍이 없다는 건
자주 틀리는 무용담은 그러니까 그럴 만해

내가 무거워지는 장마에 가까울 때
새빨간 장화는 우산보다 빨리 자존심을 버려
나도 자주 그래

지저분한 서정을 만들어내는
곤장 맞은 머슴 발은 탈탈 털어내는
물푸레나무가 곤장인 방향으로

내게서 장마는 장화보다 가깝다

달은 내게 어린이대공원보다 가깝다

# 속셈의 시간으로

미용실 거울 속에는 괜찮은 마녀가 살아
나를 추적하며 중얼거리는 마녀
속셈이 다른 제자리걸음 중이지
주머니에 손 넣은 차례를 기다리면
괜찮아 외치는 마녀

속셈이 끓어오르는 마녀를 따라 문턱까지 갔다
머리도 대장이 있지만
괜찮아 외쳐 나가면 바로 후줄근해졌었다

처음으로 돌아가

원고의 중심에서 괜찮아 외쳐 달뜬 마녀 자매와 나갔지
노래 불렀는데 춤을 주며 뛰쳐나간 밖은
내가 날 방해한 속셈에서 후줄근한 제자리걸음이었지

처음으로 돌아가
다른 내가 될 수 있을까

늙지 않고 사라지지 않아
시간은 오늘의 지저분한 머리에서

칼춤 추는 시선이지

마지막 손님의
티 내는 속셈을 잘라
마녀에서 나아가기

승자는 아니고 설움이 짧아진 기분
한 발자국씩 무민 가족의 미이 같은
나와 가까이 나아져 미이는 다정해

마녀와 같이 해낸 일

# 콩쥐는 팥쥐 엄마


걷는 것이나 뛰는 것이나 같은 고속도로

차량 불빛에 뛰어든 노루처럼
고속도로 휴게소에 뛰어든 메뚜기
참기름에 구워 콧구멍에 넣는 옛날에서
내게서 무릎 이상으로 도망가지
쫓아가며 휘두르는 인간 잔디
잘려나간 다리에서 멈춘 메뚜기
전체적으로 노루와 가까워

머리부터 발끝까지 다리의 몫이지
여섯 개 들고 뛰다
다섯 개 들고 멈춰
걸을 수 있는
무슨 이유가 이것도 저것도 그래

만나면 소리치는
과일주스도 다 써버려
납작할 수 있을 만큼
뛰어다니는 휴게소는 일요일에 쓸 것

인간의 표정으로
제 온실을 다 쓴 표정에
어리둥절한 나를 세워두는 것

걷는 것이나 뛰는 서쪽의 고속도로
콩쥐가 나를 잡고 걸으면
팥쥐 엄마는 나를 잡고 뛰는 곳
메뚜기가 있어

# 토끼네

교수와의 상담은 토끼 눈을 떠
4년의 마무리에 있어서
결혼이나 대학원 진학을 권하는
축복 기도에서 눈뜨지

가보지 않은 곳은 인테리어가 친절해요
먹어보지 않은 맛은 대기 번호가 최고에요
써 보지 않은 약은 수치가 다 나았어요

하루를 빛내는 덫을 놓았지
하루를 빛내는 1층에서 지하지
신문방송에서 눈 떠는 직업은
미래지향적인 빛이 날 때마다 토끼네

진실은 출근할 때 집에 두고 써 나가길
매일 너를 이렇게 쓰는 네 천직이야
덫은 견딜 수 있어 해내고 있다는
사장의 축복 기도는

평발의 어른에서 번화가를 달려
결혼 대학원 천직에서 토끼네

〉
9급 시험을 의자에 묶고 축복하네
신문과 방송을 밟고
반지하에서 명상의 입 벌리면
대가족을 이끄는 엄마 냄새가 나

눈뜨니 기도는 못 도와주는 곳
설거지하는 40년쯤 전이야

# 단골 동화

1

명작동화를 일으키는 유전자의 늑대네 본능을 건드리는
늑대 없이 주제가 있나 우리 옆으로 걸어 다니는 늑대의 웃
음 없이 주인공이 있나
　창밖으로 배고픈 늑대가 기다리는 페이지

　밥의 발자국을 기다리지 밥이 내뿜는 꾀는 식탁 위의 밥과
대화해 천진난만은 배고픔의 속도에 걸어 들어갈 때까지 검
은 손은 흰 손이 되는 목소리지
　늑대가 사라지는 마지막까지 동화의 페이지

　형제와 사냥꾼은 어디서 나타나 동화의 이름을 구하네 붉
은 뺨으로 아이도 어른도 잠이 잘 오는 결말 오늘도 이겨낸
거의 다 온 이야기에서
　늑대는 키가 크려는 아이의 꿈이지

2

　뒤 배경이 씻어져 내리고 시멘트 벽이 무너져도 배부른 늑
대는 동화를 일으키네 훔쳐보고 흉내 내며 날아다니네 벌거
숭이 임금 같은 늑대는 찢어지고 무너져 희미해져가는 우리
의 주인공으로 오네 이성적인 사냥꾼도 형제도 없는 집으로

들어와 우리를 잡아먹어야 끝날 듯 통제하며 늑대를 과시하
는 밤

　소인국은 거인국 임금의 꿈에 시달려 꿈이 없는

# 재첩국의 아침

식당을 껴안고 잔다 누룽지는 신문에 둘둘 말아 잠꼬대에 가져간다 할머니의 누룽지는 잠으로 사라질 때 며느리는 커플 티 입은 할머니

팔다리가 가는 할머니가 소리치는 재첩국
아침은 젖만 한 것이 있을까

국에 말문이 막힌 아침을 풀어내는 재첩국 어서 오라고 기다리는 소리에 전구지 두 봉지는 매달리고 기다리라고 소리치는 냄비소리에 젖이 돌아
두 그릇이 네 그릇이 되는 부자에 새집은 당신은 매달려

밀고 끄는 세월이 굽은 그녀
이층집을 이고 지는 그녀

검은 땀방울이 있어서 여전히 빛나는 태양은 물에 불어지는 빨래터 팔다리가 하나로 붙어 뽀얗게 펄럭이는 이불호청의 그곳

# 등을 정리하다


그가 등을 쳤네


택시비를 오백 원 더 줬는데 고맙다는 인사도 없어 잘못한 일이라네 계속 자다 깬 사람처럼 내 등을 쳤네 만화에서 튀어나와 병은 없는지 보험하며 음악 하는 이인지 정리가 안 되지만 "잘못 했네" 정리하는 게 맞나


말은 많아도 밉상은 안 받는다니 어쩔 수 없는 내 등의 겨를 정리해주니 말과 행동이 같이 가는 줄의 앞뒤는 정리가 정의해 틀린 말도 등에 상처가 난 것도 아니잖아 정도에서


실수를 몇 번이나 갈아타면서 줄까지 왔지 십만 원을 받았지만 나 스스로에게 메아리처럼 화만 내는 길이지 "잘못 했네" 뒤집어 내 등을 쳐야지 내 등은 내가 어쩔 수 없어 그가 모르는 나를 정리했네


그가 등으로 나를 쳤네

# 허름한 사랑

까마귀인지 까치인지 허름한 소리다
온기는 사라져도 이상하지 않는 시기에
혼자 푹푹 쪄
까마귀인지 까치인지 확인 없이
따라가며 귀를 밝혀

주지도 빼앗지도 않는 충무김밥을 따라간다
내 손을 떠난 그때의 충무김밥은 얼마나 예쁜지
요란한 장식 없는 포장부터 힘든지 모른다
따라다니며 거절할 표정은 없다

그는 주지도 빼앗지도 않는
두부에 트라우마가 생겼다는데
까치에게만 눈이 밝아져
바로미터의 까마귀를 소외시킨다는데

들려줄 것도 드러누울 것도 없는
날갯짓에 자석처럼 엉켜 붙어

여기 앉아도 허름하고 저기 앉아도 허름한
까마귀인지 까치인지

까마귀 소리를 잘 들으면 까치소리도 잘 듣는
전깃줄의 자리

전천후로 질척대는 허기에서 태어나
추운 소리나 듣는

# 뭐가 다르다

치킨은 오지 않았다

치킨만 옳은 게 아닌 거라
반건조 오징어 땅콩과 잔기침으로 따라잡아도
눈으로 가슴으로 뜯으며 상상하는 맛집은 뭐가 다르다
협의한 완전한 것으로 모이고 싶다

승리를 기다리느라 벽을 향해 골을 흔드는 아나운서
선수보다 시청자보다 먼저 골인하고 침 튀기는
악마의 격정에서 채널을 돌리는 후반전

땀과 응원의 악마와 함께 치킨이 왔다

엘리베이터 열리면 치킨을 엘리베이터 밖으로 날려버리지
두 배의 일당으로 몇 시냐고 침 튀겨야지
못 버티고 보태면 아나운서와 뭐가 달라
모두 붉은 악마를 입은 모범생이야
침 튀기는 아나운서들

역시 치킨은 옳다 축구가 넘쳐나 맛은 지워졌어도
역시 악마의 침 튀김에서

식어도 식지 않은 소리 내는 사방에서
주지도 빼앗지도 않는
치킨이 월드컵이 되는 3시간
버티는 얼굴을 읽기 좋은 3시간

뭐가 다르다

# 붉고 푸른 새벽으로

찌그러진 포장만 두 번이에요
전화 속의 고객님은 입으로 야성이 모이고 흩어지네요

두 번째 항의가 붉은 옷을 벗기면
나는 나를 덩달아 입을 수밖에요
여름 내내 키워 겨울에 잡는 직성으로
준비가 되어 있어요

로맨틱한 위로를 받고 싶었나요
고객에게 쉽게 지고 직원은 쉽게 이기는
그의 목소리는 언제까지 옷을 벗길까요

데이고 베인 자국에
달라붙었다 등 돌리면 붙었던 살까지 떼 가는
일회용 반창고의 하루입니다
밤을 한 조각씩 받아들고 밥으로 지나갑니다

동료였던 이들이 붉고 푸르게 지켜보네요
동료의 일이다 모르는 사람으로 돌아섭니다

애착 담요 하나 둘이 보이지 않네요

가족을 태우는 오늘의 담요는
이모님에서 아줌마가 된 새벽

주머니에 간 큰 소금이 묻어왔네요

가족의 기억이 충분한 내 옷은 어디에 있을까요

# 손발이 없는 유감

부엌에 화장실이 있는 것이라네
김치찌개를 잡아먹은 애벌레라네
배추 포기를 지나 땡추를 타고 쌀뜨물에서
나와 아침에 가까운 치한에서
못난이 삼형제처럼 앉아 햇빛 바라기라도 해야지
횡설수설도 순발력이 필요하고
변명도 손발이 맞아야지
유기농은 끼리끼리 먹고살아
유기농 채소에 앉은 애벌레라고
김치찌개에서 손발을 펴야지
애벌레는 사라지는 아침을 심어야지
내가 알던 나를 내려놓은 아침을 건져보면
느닷없이 손발이 닿지 않아
미안하다고 하면 손발을 써야 할까 봐
유감이라는 말을 써볼까
하루의 애벌레쯤이야
변수였지 변신은 아니잖아

# 피노키오의 마술

뚝뚝 떨어지는 꽃은 꽃 아닌 것이 될 때까지
불의 칼이 여자를 자르면 관중석에서
진실과 거짓의 쌍둥이에게 꽃비를 뿌려
죽음의 자리에 비둘기가 있다
왜냐 하면의 자리에서 팔이 네 개다
그래서의 자리에 그래도 가 있다

평균적인 비명을 더하는 피노키오
결국은 아무도 모른다며 쳐다보면
증거 없는 납치는 박수의 이력으로 남아
다 같이 놓치자는 것

숨은 관객의 몫
숨죽일수록 살아나
같이 만들어가느라
서로를 알아보지 못하고 끝나자는 것

살아나는 것이 비상이다
사는 게 최고의 마술 같을 때
머리에 손이 붙은 계단의 마술사다
손이 붉은 피노키오라는 것

# 푸른 놀이터

아이들이 없어 아이들이 때운다
한순간에 놓치면서
아이가 없는 메시지는 푸른 발자국
발자국의 씨 뿌리기 좋지

여름 캠프는 성장하는 차례지
비만을 멈춘 곳에서 엇갈린 초승달이 오면
물통에서 모래놀이 하며
아이는 없는 곳에 지난해와 같이 아이들이 때운다
미끄럼틀을 감고 아파트
담배 공초 맥주 캔은 아이에게 스며들기 시작하지

아이보다 부모가 많다
아이보다 아이가 많다

고양이 놀이터를 도우는 아이들
미끄럼틀 버스를 타고 내려갈 때마다
고집스런 그 말을 다 못 알아들어

아이가 아이에게
내 어린 시절의 신전으로 와줘 했다

구겨지거나 꼬인 날씨를 업고

놀이터를 뒤집어 써

얼굴 내밀고 달려 밥이 되는 아이들이 왔다

# 우수에서 오수까지

바닥을 고치고 있다
바닥의 깊이를 들여다보는 이들
바닥보다 더 바닥으로 내려갔다 올라온다

나도 따라 내려갔다 더 내려갔다 내 바닥의 깊이를 보는
이들 얼굴을 구겨 넣고 키를 넘은 내가 흘러가는 걸 본다 평
생 흘러갈 것을 다 흘리는 것으로 어제부터 입었던 옷으로
외부를 내부라 부르며 외출이다

바닥을 열면 허공 허공 아래에 두고 온 비 오는 풀장에서
바다 절벽에서 뛰어내린 폭포에서 싸우는 우수 기억을 삭제
한 대로 휩쓸리는 오수 오수받이 도시가스를 걷다 중심을 바
닥에 두고 흥건하다

허공의 뚜껑으로 나뒹군다 산울림으로 오는 매미는 불이
켜지는 아이의 신발을 빌려 신는다 노란꽃이 흐뭇한 바닥을
치고 있다

바닥의 센스를 고치고 있다

제3부

# 벌이 벌벌 떨던 날

산스크리트어의 자비송이 오신 날
연못이 햇살을 켜고 오신 날
연꽃 노란 씨방의 목청이 커지는 날
씨방의 목청에 벌이 노랗게 되도록 파고들어
자빠지고 엎어지고 부들부들 뛰어든 날
벌에 이끌려 우리도 자빠지고 엎어지고 부들부들 뛰어든 날

여름의 꽃바구니가 오신 날
맹꽁이가 자비송을 들고 꽃바구니에 뛰어든 날
맹꽁이는 외워지지 않고
맹하는 놈 꽁하는 놈이 따로 있어
맹하는 놈에서 꽁하는 놈은 거짓말처럼 보여

여름의 꽃바구니에서 사라지는 벌은 거짓말처럼 보여
잘 살아있지만 죽이려 하면 잘 죽는
약 치는 놈 약 먹는 놈 목청이 따로 없어
자빠지고 엎어지고 부들부들 뛰어든 날
맹꽁이의 자비송이 가시는 날
벌이 우리의 꽃바구니에서 가시는 날

# 퍼즐 가방

여행에서 중얼중얼 나온 그는
맛없는 것을 맛있는 것으로 먹었네요
표정이 매달린 수염은 꼬여가고 있습니다
여행이 깊은 캐리어에서 깻잎을 꺼내놓아요

예외 없이 예외의 것이 나오는 가방이란
중고 캐리어를 샀을 때
축구화 꽃병 접시 집의 구석진 것들의 목록이 왔었지요
삐삐의 뒤죽박죽 별장처럼
가방은 눈치 보는 것들의 창고지요
99피스의 퍼즐이 들어있기에 좋지요
매일 틀리는 표정의 목록에서

여행으로 돌아가는 이들은 보이지 않습니다
여행에서 나온 이는 지하도에 있습니다
집 뒤뜰에서 시작해 오늘 맞출 퍼즐을 내려놓았나요
비슷비슷해서 과하게 집어던진
99피스의 백일몽 퍼즐은 가닥이 잡혀가나요

출퇴근의 혼잡은 지나가고
목에 걸린 말은 안경에 잡혀있습니다

낮아지는 깻잎과 말을 섞으며 발걸음을 찾습니다
펼치자마자 시들어가는 퍼즐은 누구나 아는
가방과 눈치 사이에 있습니다

자신을 들키는 기분으로 있습니다

# 일천구백칠십 구년 시월 십육일


안개는 낙동강 1300리 길을 종주할 때
눈 막고 귀 감은 안개에서 걸어 들어옵니다
앞질러 가는 안개에서 침묵의 몸을 만들고
밤을 새워 마중물을 준비하는 청년


앞과 뒤는 어떤 모습일까요


1979년 10월 16일
유신철폐 독재 타도


역사 앞으로 처음 흘러가려는 어떤 결의는
끌고 나올 수 없는 일은 누가 도우나요
학생에서 시민까지 길모퉁이 돌면 터져나와
비밀을 쏘아대는 안개에 포위당합니다
안개를 만난 가게는 앞문을 열고 닫습니다
골목은 눈물 콧물을 안고 뒷문을 엽니다


글은 묶여서 땅바닥에 처박히고 말은 거꾸로 매다는 물속
으로
뛰어든 청년
자신에게서부터 역사를 결정하는 청년

〉

안개에서 일어난 청년은 얼마만 한지
안개사이에서 시작하는 태양은
안개에서 얼마나 가까운 거리인지


그날을 덮은 바다에서 낙동강의 새벽은 앞으로 섭니다

# 사기와 궁기

사기그릇은 부딪혀봐야 그릇끼리지만 그릇과 그릇 사이가 맞아 과하게 성실해

성실이 성질보다 먼저 깨질라

눈치껏 눈치 보고 살았는지 자신감인지 소리는 지르지 않고 소리 지르게 하는 직원의 직업적인 조절에 박수를

사기를 올리는 직원의 재능에
음악이 흘리는 땀은 허사가 되어 끌려 다녀

한 발 더 나아 가는 건 안 될까요
스트레스나 카타르시스나 그러고도 살아남는 것에 응원을

막걸리 잔을 부딪친다 부딪쳐봐야 그릇끼리지만 작당한 전 냄새를 들고 사기를 푼다 사기를 높인다 막걸리의 소리는 지르지 않고 소리 지르게 하는 직업적인 조절에 박장대소를

스트레스나 카타르시스나 오늘은 달리자며 한 발 더 나아 간 곳

# 수작

우리가 우리를 잘 몰라 괜찮은 하루는 거대하다 스팸 신고
된 전화의 수작에 들어갔다 나온다 다혈질의 오토바이를 뒤
따라가며 눈에 든 장미는 이상하다 또한 다행이라는 거다

우리가 장미를 잘 몰라 화단의 장미는 인형처럼 달려 괜찮
은 겨울의 수작이다 방학이 달려있는 이달은 바람이 들어 결
혼도 미루고 종일 바람을 쫓아다니는 시간 바람보다 오래 사
는 장미라는 거다

벽과 전봇대 사이의 화단이지 크리스마스 장식을 치우지
못한 카페지 루돌프 코는 눈사람의 수작이지 배달의 붉은 추
위는 잊기로 작정한 거기

우리가 우리를 잘 몰라 장미도 잘 몰라 한 송이 덜어놓으
며 지키는 꽃에 눈엣가시를 내놓는다 이상하다 다행이다

# 이것은 하나 같이 썩은 거짓말이다

삶은 꼬막을 냉장고에서 잊었다
지나가며 삶은 꼬막을 의심하지 않았다
사전의 꼬막은 천 번째 놓친 것 같다
사전의 꼬막은 천 번째 몸의 냄새다
잊은 꼬막은 내가 나가 버린 것
꼬막보다 오래된 영혼이 없다
쫄깃한 펄을 꿀떡 먹던 꼬막은
냉장고에서 빠져나간 시간이다
3일이면 돌아가야 할 시간이다
꼬막이 아닌지도 모르는 꼬막이 있다
하나 같이 썩은 거짓말이다
나는 꼬막에 있고 싶다

# 박수


오거리 신호에 걸린 배롱나무를 기웃거리는 배추흰나비
자신의 고속도로를 빠져나온
오래 전의 노래가 들리는 국수나무 꽃을 제대로 찾아낸 나
비


방비엥에서 르왕프라방으로 펌프질의 목욕하는 아이들 웃
음은 밭을 들어 올리고 흰나비는 길을 들어 올리고 찻길이
가로지르는 양배추밭으로 흰나비에 먹고사는 이들


어떤 혼란에도 허공 한 번 쳐다보고 두드리는
누구에게나 꼬리에 꼬리를 무는 나비


손바닥 떨어져 나가도록 재촉하며 시선에 모여드는 나비
나비에게 가면 저리도 풍경 소리 나는 손으로 기어가도 보
일 건데 날아가며 보인다는 나비

# 코알라 이벤트

공공장소에서 만나는 코알라를 가져오란다

너는 고양이 닮은 코알라 하나만 가져왔다
나는 멀리 가는 분야의 코알라를 구하느라
검색하고 당근 쿠팡에서 로켓발송도 받았다
서랍 가득 코알라 소리가 와글와글했다

내게서 나와 보니 알겠잖아
코알라를 풀어헤치길 말리지 않았구나
모르는 것에 서두르는 모습으로
코알라의 학교에 손목 잡혀 있었구나

잊기 쉬운 짐승이라서
세 마리쯤 가져오면 되는 코알라
한 마리도 아니라고 말해야하는데
한 마리는 세 마리에 가까워 공공장소용이라는 주최 측
고양이가 담긴 하나에 노래를 짓는다

부르면 와~하고 산이 무너지는 대답하는 코알라
바지를 걷어 올리고 밭매러 가는 코알라
새 쫓으러 가는 노인 밥이냐는 코알라

앞산의 개미가 기어가는 것이 보인다는 코알라
낚시질로 건진 코알라는
검색하면 나오는 코알라와 쌍둥이라고 소개한다

낭비라는 이벤트인 줄 몰랐다고 한다
분위기는 익는데 손절은 책임지란다
순간에 충실했는데 책임은 집에 쓸 것인가
단번의 이벤트는 불쏘시개도 책임 못 진다

이게 무슨 짓이든 간직할 수 없다
나와 비슷해서 내 손으로 버리지 못해
버리기 좋아하는 이에게 가져간다
이벤트를 뒤집어쓴 코알라를 호주인의 단주와 바꾼다
대문의 인테리어에 쓰기도 한다

쇳소리가 나서 거꾸로 두기 시작한다
처음엔 코알라가 이상했는데 다음엔 내가 이상하다
미안하다고 말하지 않는다

# 내 안의 외동

외동의 아이는 엄마를 뒤따라오며
잡다가 놓친 아이스크림을 외친다
새 공룡의 약속에도 외친다
너그러운 공룡도 지금은 어쩔 수 없다
그도 그랬을 것이므로

아기 안고 마중나온 엄마
자신의 품을 잡으면서 놓친 아이
품을 내놓으라고
키 큰 권력의 아파트를 일으켜 세우는가
작은 아기는 그의 품에서 다른 아이일까

코피 흘리며 늪지의 독사처럼 달려들던 아이
완장질하는 권력의 코피를 잡아 눕힌 그에게
나는 다른 아이였을까

강아지 빛 얼굴은
다섯 살이 고른 속옷으로
아침을 빠져나가고

유치원이 잘 키워 보내는 5시

다섯 살의 외동은 속옷이 빠져 나와
정착의 질서에서 돌아오는 유목의 시간
개와 늑대가 소리 지르는
내 안의 어린 유목은 그랬다

그러니 잠시 내버려 둬

# 은자 누야

멸치젓 냄시 나게 매매 부르는
누야

몇 년 만의 그 아 목소리가 매매 건너와
쪼매만한 아
욕본 아의 앵기는 목소리 하나 땜시

다리가 쎄리 뿌아질라 하다가
머꺼덩이 잡고 삐끼 있다가
내가 마 억수로 괘안은 누야 맹키로
불러 샀는 그 아 따라
괘안은 사람부터 대야제

몸은 대지만 식구들 궁길까
짜달시리 생각 않고 따시게 맹글은 그 아 맹키로
짜다리 생각 않고 억수로 대파져
내도 마 심지가 생기고 불을 붙여

만다꼬 미안크로 그리 따따시리 불러 샀는지
그 아 땜시로 내도 따따시리 불러야제
동우야

〉
내는 멸치젓에 쓰까져
누야로 나나져
천지빼까리 몬나이가 갱래하다 널찔라

은자 내는 누야가?
은자 소쿠리 들고 배차 심는 누야가?

# 무명씨는 살아남아라

황제 폐하의 부탁 한가지다
황제 옷 입고 황태자비 옷 갈아입고
카멜레온과 마주치며 살아남아라
얼굴을 바꾸는 여기는 곁에 있어도 가고 있어
정정당당과 위선을 지내는
시대의 말뚝에 묶여 가고 있는
그녀도 무사 군인도 부탁한다
마주치고 무너트리는 이야기에
사람이 사람을 상하게 해도
불빛을 깨트리는 전쟁에도 부탁한다
부디 고향을 닮은 무명씨의 하루는
늘 같은 곳에서 까막눈의 길잡이와
마주치며 가보라 부탁한다
왜 싸웠는지 기억이 사라질 때까지
높고 한적한 강가에 가보더라도
사람이 어려운 시대에
천장부터 바닥까지 서로 신세 져라
아침 먹으며 마주친 이와 저녁에 마주치는
황제 폐하는 무명씨에게 여기를 부탁한다
미스터 션샤인*은 부탁한다

* TV드라마

# 오늘도 소년은

모퉁이 집으로 돌아와야지 그림자를 제대로 끌어안고 말려야지 서너 번의 집은 투명인간은 온통 말린다 바다를 바위틈을 뜯어말린다 서너 번 굳어가는 표정이다 태풍의 그림자를 말리는 이들에게서 몇 발자국의 소년들 많은 것이 가깝고 몰라서 깜짝 놀란다 맷집이 좋아 구슬릴 생각도 못한 조카도 있어

가깝고 몰라서 깜짝 놀란다 빗발치는 매일이 태풍이라는 n분의 1의 그림자를 나누어 가졌다 손잡으면 나누어지는가 힘이 들어서 힘이 생겨서 어디서 출발했을까 할아버지의 담배를 나누었다

어떤 태풍의 그림자는 서너 명의 결과만 읽는다 밑줄 그은 것보다 물음표를 읽는다 태풍 지나가고 바다와 바위는 자신의 일부를 생략하고 소통하는데 나무와 간판은 제자리를 찾는데 소년은 어디에 있나 우리는 이웃집 노인의 그림자처럼 지나가야 하나 쌀밥 한 솥 올리는 아침 지나가자는 그쯤에서 태풍은 온다 지루한 날이 평화로운 날이 지나가며 또 밀고 올라온다 소년의 그림자는 아까운 할아버지의 줄담배는 피고 광안대교는 통행금지를 대체한다

# 만남의 광장

트럭이 두 배로 꿈틀대면서
돼지는 고속도로를 달린다

돼지의 웃는 머리는 미래를 보는 종교면서
기쁨 슬픔의 누구와도 진심

바닥일 때 신뢰도 최상급이면서
친목의 돼지가 돼지를
채식으로 감싸 안는다

조상부터 불 터의 돼지
집에서 나가야 제대로 만날 수 있는 돼지

돼지가 사는
돼지꿈에서
우리도 달리면 되지

야생의 트럭에서
전복의 꿈틀거림만 고속도로에 남고
우리는 날이 어두워지는 대지에서

국도를 달리는 닭과 소는
로켓의 속력인가
눈에 보이지 않네

# 진동

합리적이지도 활동적이지도 않기로 했다

스물다섯 시간의 하늘을 받아들며
스물다섯 시간의 궁전은 우뚝 솟아

멀리서부터 보이기 시작했다

이층의 공동묘지는 궁전만 해
묘지를 모른다는 우리도 궁전만 해
섞여져야 진동이 오나

누가 드나드는지 몰라서 드나들기 좋아

올려보면 후줄근해지는 내려다보면 견딜만한
그 아래 나를 둔다
옛 선비는 아침이면 먼저 정좌하고 하루를 풀어헤쳐
크고 작은 진동을 경계했다는데
아이는 삐친 것처럼 온몸으로 드러누워도
진동을 밀어내거나 당기며 노는데

앞뒤 끊어져 알아들을 수 없어
바위는 모래가 되고 모래사장은 좁아지는데

까치밥 아래서 까치발하는

합리적이지도 활동적이지도 않기로 했다

## 그냥 좋습니다

　복권의 명당은 기사식당 국수집 근처에서 227번 명당의 자세를 갖추었어요 리모델링 될 당첨의 숫자는 최고야 최고는 더 최고가 되도록 복권가게의 줄부터 복권당첨의 줄까지네요

　쉽게 웃고 웃지않는 근처네요 월급쟁이 기분으로 서네요 아르바이트에서 점심시간으로 그녀가 서는 곳입니다 점심의 리모델링은 시작이 좋습니다

　나를 간직한 당첨에서 주위에 선심을 나누고 있습니다 모두 가깝고 느닷없이 그냥 좋습니다

　꿈으로 서세요 리모델링한 이야기는 몇 번째인가요 그냥 설레입니다 오늘 뒤는 오늘이고 다시 한번 알려드리는 명당입니다

　양치기 소년이라도 그냥 좋습니다

　1008번 실패에도 1009번의 도전으로 KFC의 신화를 창조한 할리 샌더슨의 동상 뒤에 있습니다

제4부

# 가족의 탄생

　너는 아픈 아이가 둘이다 커피를 너덜너덜하게 먹으며 휴대폰으로 아이의 머리를 쓰다듬는다 심장이 아파 약속은 영화는 품에 가둬버린다 네가 없으면 아이는 피를 흘린다 스트레스성 이상행동을 보여 심장이 녹아내린다고 나도 쓰다듬어줘 라는 말을 자르고 간다 네 아이의 이상행동을 따라하고 싶은 날 내가 이상행동을 하면 너는 돌아올까 네가 없어지면 나는 삼 분 아이는 종일 통곡한다

　빨고 씻어도 피 냄새의 집이다 베란다에서 맥주 한 캔으로 사진의 포즈를 취한다 표준말을 배우며 이룬 직선의 힘이다 직선으로 기어 올라온 길을 내려가는 귀향의 속도는 빠르다 아이는 내려다보는 네 13층을 지킨다 혼자 던져지지 않을 것이다 아이 없이 누가 생활을 붙잡고 아픈 밥을 나누고 씻고 빨고 알레르기를 말릴 것인가 아이가 너를 낚아챈다 아파서 웃을 수 있는 이유 그 자체다

　사람에게 받은 상처를 사람에게서 치유하던 선물을 지나자 오늘도 내일도 선물인 이상적인 가족이 생겼다 공손히 부르다가 아기의 얼굴인 가족 이상적인 가족은 암호를 주고받는다 엎어진다 찍어주고 뒹굴기에 가치 있다

　사람은 없다

# 꽃다발의 진보

유리 온실 속에서 저희끼리 오래 자라는 선인장이다
가시라는 것이 열정의 깜짝 선물이야
오래 응원하는 거래
연주회에 선인장을 가져가면
연주의 입안에서 가시를 키울까
꽃집이 없는 곳에서 걸어와
오늘보다 내일을 서성이는 각주에

그래도 그래서는
못난 구석으로 몰아넣으며
난데없고 시간 없다 한다
사막의 가시는 닳아 모래만 남아
구석구석 모래의 말이 나온다

축하의 영역은 잠깐 건강하면 충분
가시는 하루치 장미면 충분
지금 여기만 연주회
문화회관 앞은 장미 꽃다발의 장미정원이 되어가

꽃은 생각한 것보다 빨간 모습으로
연주회는 건강한 장미 꽃다발이 진심

개업은 부적의 선인장이 진심

생일은 지폐가 피는 장미 꽃다발이 진심

# 꿈 중이니 말 시키지 마시오

당신은 병원과 같이 있는 재방송 같아
예전의 짜증이 올라온 기분만 알겠다
꿈의 기분은 우주가 지키고 숨 쉬지 않아
바퀴벌레 떼가 머리를 껴안고
꼭두새벽에서 아침으로 어두워지려 해
거기는 어두워 누구도 알아채지 말기를
나는 누구에게도 나타나지 말기를
늦은 달이 보내는 당신에서 깨고 싶었다

바로 잡을 산이 있는 듯
꿈만 잘 살면 된다고
생각이 많은 동쪽으로
생각을 다물고
우주가 지키고 숨 쉬는 꿈에 든다
꿈을 찾아 나서는 이동의 무리는 멀리서 바퀴벌레 떼
더 멀어지면 개미 떼
누구에게도 나타나지 않는다
내게서 깨고 싶지 않은 꿈
낮달에 태어나는 내가 보인다

만지작거리는 꿈이 주머니에 스며든다

코 고는 소리 같은 탄식이다

꿈 중이니 말 시키지 마시오

망설이지 않는 꿈과 꿈에서

# 갑과 을

잎은 모두가 보는 앞에서 게으르고
줄기는 모두가 보는 앞에서 의자를 감아오른다

잎은 떨어지기까지 한없이 게으르자고

비스듬한 잎을 쳐내면 파고들어 이끼가 자랄 때까지
준비된 오른쪽 다리를 감고

잎이 달리면 가고 싶은 곳이 없어지는 의자
잎이 달리면 갈고 닦은
살아남는 법으로 자라는 의자
잎을 테이크아웃 하는 몇 개 의자

피로감이 없어 피로한 의자

카페의 허리를 떠난 일이 없어
반은 늙고 반은 아픈
의자의 뷔페인 카페

잎은 흔들의자에서 전부 꿇어앉히는 것으로

상냥한 의자를 쳐다봐

뒤에서 보면 낯선 곳에서 일심동체다

# 날마다 처용대공원

추억의 사람이 믿음 없이 길을 묻는데
그는 온몸으로 믿음의 부적을 쓰고
오늘을 지키는 얼굴로 뒤돌아서

부적으로 인증되는
여기는 어디이고 어디서 왔나
내 사람은 어디에 있나
쓰고 있는 부적을 거기서 돌아볼 때

오늘은 무증상과 비슷하거나 내일의 증상과 비슷하고
딱히 불행은 아닌 착각하기 좋은

누구세요

나쁜 추억은 길을 물을 때
사람의 추억을 물으며 사람에게서 물러나는 길

어린이대공원은
오늘의 처용대공원

귀신은 처용을 쓰면 스스로 물러날까
사람은 처용을 맞으면 스스로 돌아올까

# 다시 피는 꽃으로

## – 아홉 번째 봄*


어느 맨발의 오케스트라가 들고 일어나
어느 맨발의 예술이 들고 일어나
기립의 바다를 반성하게 할까
꾸준히 체념하는 우리
징글징글 하다네


* 부산민예총 주관 세월호 9주기 문화제

# 낭만적인 거절

가족인데 스파이 같은 우리는
손은 선택하고 손은 상처를 만들며 계속 간다
공 굴려 맞불이 되므로 불타고 계속 간다

사냥 순서는 다를 수 있어도
같은 사냥 같은 실수
신의 손아귀에 끌려가는 약손도
대표하는 손칼국수도 아니므로

만지면 사라지는 사냥
연장하는 사냥에 일제히 사라지기 시작해
미지의 질서를 피라미드로 심고 잘라
허물어지기 시작하지

잘한다고 더 잘한다고 들락거리는 가족에서
공 굴려 가는 머릿속으로 열광하는 가족이므로
가족인데 스파이는

어린 주소마다 팻말을 든다

제발 만지지 마세요

제발 가꾸지 마세요

만진 자리마다 독 안에 든다

지금까지는 낭만적이다

# 주인님과 주인 놈

옥상의 딸기 묘종 아래
4월4일자의 계란
고양이의 밥이라고 했다
오늘은 내 밥을 뽑고
심어놓은 생선 머리
계란에서 머리다
오늘의 내 머리를 뽑으려 달려드는 까마귀
고양이라는 까마귀의 옥상
우산 펼치는 독수리를 찾아야 하나
나는 주인님 너는 주인 놈일까

황령산 중턱에서 무슨 일이 있었나
비 온 안갯길에
흰 개는 이차선 중앙에 주저앉아
오르막 차는 주저앉아도 내리막차는
못 봤든 못 봤다 생각하던 안개를 헤쳐 갈라
〈동물농장〉을 찾아야 하나
주인놈에서 주인님을 찾아야 하나

두고 오고
못하고 오고

다쳐서 오고

가다 오고

소리쳐서 소리치는

하나는 만세 부르면 하나는 쓰러져

일상의 타월을 던져야 하나

# 그날 이후

이태원 특별법 현수막 들자마자 달려들어 지지를 뚫는 저지의 시간이 있다 이태원의 부모는 몸을 뚫고 들어오는 저지의 시간으로 주저앉는다 시민공원 북문 안내소의 싸리 빗자루는 서있기만 할 뿐

  − 10.29 이태원 참사 특별법제정 함께해주세요
  − 10.29 이태원 참사 특별법 제정하라

그 나이 또래 젊은이다 작은 아이들의 부모다 예외의 세월은 풀밭의 양탄자에 떠있다 그날 이후 그곳의 시간을 따라가지 못해 만날 수 없는 거리다 북문에 말없는 말로 현수막은 서 있기 시작할 뿐

  − '10.29 이태원 참가 진상규명 특별법, 이 필요한 이유 〈10문 10답〉

손에서 손으로 받는 전단지 손사래 치는 전단지와 전단지의 거리는 구겨지고 날아가고 요청하고 읽고

읽어봐 주세요 고맙습니다

시민공원으로 시간이 걸어 들어가 시간이 멈추어 전부를 잃은 시간과 진실 버스는 함께 있다 그날 이후 다른 이슈들이 쓸어가고 있나 시민공원 북문의 싸리 빗자루는 거기 서 있다

# 한 세트

국화 화환은 활짝 열린 트럭에 있다 활짝 열렸는데 아름답지 않아 단정한 결론을 바위에 눌러놓고 앞서고 뒤선다 멀리서 가깝게 간다 가까이서 멈추어 간다 속도 아닌 방향으로 손 뒤로 내미는 결박으로 바위를 일깨우는

화환은 계절도 없이 박애주의의 할 말을 했을까 이만큼 오면 주고받는 것이 세트

손을 털면 앞은 총싸움 뒤는 추격전이 세트다 총싸움과 추격전은 소그룹 안에서 쫓아오고 도망가는 시간을 채우는 액션영화의 공식이다 듣고 싶은 말을 들을 때까지 쫓아오고 엎드려서 도망가는 바위는 꾸준히 착하지도 너그럽지도 않아

문안 인사의 바위를 깨운다

삼가 고인의 명복을 빕니다

심장이 뛸 때 중심에 집어넣는다 화환에 명복은 착하지도 너그럽지도 않는 세트다

두 세트가 가고 있다

# 도시를 깨우는 닭

이불에 아침을 처박고 꿈에 걸려
머리를 찧기 시작해
닭의 실뜨기 눈
어디서 슬리퍼를 깨우는 소리에
곰보배추를 먹는 아랫동네의 문이 열리고
쪼그리고 앉은 바가지 들고 물 얻으러 가다
연못에 빠지면 건질 수 없는 닭
포장하지 않으면 어디에 떨어져도
찾지 못하는 닭
못 알아듣는 밥을 위해
지각 감기 위에서 포장은 멈출 수 없는 닭
하루를 착각하기 시작하는 닭
접근방식은 좋은데 끝까지 풀어내는 힘이 부족한 닭
닭이 아니었으면 하는 닭
이런 닭집은 살다살다 처음 봤다는
골목은 천천히 도착하는 닭집
골목은 종일 밝아
기분은 알아차리지 못하는 닭집
표정은 내밀어도
자신의 이름은 대지마

# 판도라 상자


옷가지 여권 물 식량 돈 중에서
피난길에 챙기고 싶은 것에 스티커 붙이라며 잡는 거리

친구이자 이웃과 전쟁이 붙어있는 거리에서
수상한 전쟁에서
하트 스티커를 망설이기 시작하는 평화

정답이 완벽한 전쟁에서 도망가느라
펄펄 끓는 기름에 빠진 아기도 건질 수 없었다는
세계의 병 앞에서 챙길 평화의 꾸러미가 있을지

전쟁은 물끄러미 전쟁을 앞서
고르는 것보다 고르지 않는 것에 망설이고 싶어

위급 시 아이들 먼저 구해주세요
첫째 에이형 남자 둘째 에이형 여자
자동차에서 스파이더맨이 치르는 전쟁

무료 화장실 무료 휴지 무료 충전기까지 챙겨놓은
평화는 무료인 나라에서
평화를 치르는 표정 위로

전쟁은 넘치게 이기고 있어

보이는 전쟁에 보이지 않는 전쟁의
판도라 상자를 붙잡는

## 다시힘을내봄

무슨 전통방식으로 봄을 만들어가지
마당을 펼치면서 계절을 옮기는 봄

지렛대를 움직일 때마다
이만큼이 저만큼을 때린다
합당한 힘을 짤 때마다 잘 살아져
셋 넷 오만의 표정은 입을 악물어

어디에 쓰든 저 낮달
쳐들어오는 분발심에서
지름길을 살피고 있다
은신처에서 내려오는 봄

*씨부럴하게 나오지 않네*
으 으흐

필사의 세 번째 신음
생존에 빙의된 봄

발목을 넘어
덩그러니 폭로되는 봄

〉

대문 앞의 쪼그린 담배는 아지랑이를 봄

대문에 전통을 달며
입춘대길 다시힘을내봄

# 피사의 사탑으로


　동굴에서 운동 삼아 침대로 산책 간다 티브이 앞으로 외식 간다 잠옷 입고 립스틱 바르고 식탁에서 바다 카페의 시간을 쓴다 형벌의 색깔이 문을 쏘아 본다 동굴의 색깔이 된다 내 동굴은 제자리걸음을 감시하기 시작해

　마트에서 쫓겨나는 오전은 자정인 것 무전기는 다녀간 확진자를 쫓아가는 군용 간이침대를 보는 것 외계인이 휩쓴 식당 약국 병원의 커튼으로 쫓겨나는 외계인이 되는 것 건물이 확진인 꿈을 목욕시키고 실감을 닦아내는 동굴로 돌아오는

　무방비를 내다보라 생필품으로 동굴을 파고 종말론의 종교는 눈을 감고 코를 풀며 합심한 사회적 거리 두기는 동굴에서 앵무새가 아플 것 같아 동굴 영화의 한 주제는 나아간다

　그 어미의 어미가 그랬던 것처럼 분골함을 들고 마스크에 장갑 낀 사람들이 내려오기 시작해

# 복습의 시간

말은 자정이 되어도 본모습으로 돌아가지 못하고
말은 자정이 되어도
호기심이 가득한 대화에 끼지 못하고 있다
말은 울지 않으려 했더니 눈곱이 끼었다
먹지 않으려 했더니 침을 흘리게 되었다
말은 다리를 놓치고 말았다
마스크 흰 장갑을 챙겨야 다가가지
사진의 마스크 노래의 마스크 자는 마스크
마스크의 결혼식에서 말은
비슷비슷해져 간다
살이 찌고 돌아본다
만능의 문 뒤에 뭐가 있을지
물은 끓고 벼락이 치고 말을 잘근 묶는다
복습의 시간은 복수의 시간
궁극적 목표도 예습도 아닌 시간
말의 나라에서 똑똑한 겁쟁이는
아이들아 미안해

사이편
현대시인선
18

은신처에서 내려오는 봄 청안나

시집해설

# 클리셰 비틀기, 관성의 힘에
# 대항하는 아찔함

김남영
(문학평론가)

# 클리셰 비틀기, 관성의 힘에 대항하는 아찔함

김남영(문학평론가)

무엇인가를 이해한다는 것, 내가 사물을 그것의 실체를 정말 다 이해한다고 말한다는 것, 그것은 불가능한 일이다. 지금 여기는 의미 부여를 벗어나는 것들의 향연이다. 사물에서 솟는 알 수 없는 의미들을 망網을 던져 묶는다. 사전은 그렇게 탄생한다. 사전의 질서 속에서 우리는 이해를 구가한다. 언어적 질서는 포착할 수 없는 것을 포착하려 든다. 텅 비어 있음을 참지 못한다. 이해할 수 없다는 말은 타자를 제대로 포착할 수 없다는 말과 유사하다. 당신이 아무리 노력한들 세상은 만만하지 않다는 겸허를 배우고 곧 적당한 자리로 당신을 안내한다. 그 시공간에서 우리는 알아야 될 것을 포기하고 세계가 나에게 준 안정성 속에서 그리 살아간다. 나는 세상을 잘 모른다는 고백은 지금−여기에서는 뒤쳐진 자신을 지시하기에 결국 입을 다물고 만다. 현실은 알 수 없는 것들로 가득하다. 불안은 그런 마음에 증식한다. 이 불안의 해소를 위해 백과사전은 계단을 만들고 층수를 높여 가며 수직의 욕망을 키워나간다. 그러나 시인은 의미망 속에 포함되지 않거나 포함되지만 배제당하는 언어를 응시한다. 그리고 그이는 사전에 포박당한 언어를 해방시킨다.

시는 일반적인 언어 문법에 기대어 세계를 말하지 않는다. 시의 의미는 우리가 알고 있는 익숙한 시의 정의에 시공간적으로 매번 어긋난다. 일반 문법에 어긋남과 시인의 어긋냄은 우리가 믿고 있는 세계가 근원적 의미가 전혀 없고 언제 어느 때, 전적으로 다른 모습으로 변화해 버려도 이상하지 않다는 것을 승인한다. 그럼에도 불구하고 우리는 그런 시의 모습을 규격화하고 이름 붙여서 욕망이 질서에 붙잡히기를 정서가 시대를 대표하는 감각에 복종되기를 바란다. 시는 독자가 시 속의 정보들을 분명히 읽어 낼 수 없도록 언제나 뒤로 멀어지게 하거나 아니면 가까이 다가서게 하는 효과 속에 있으며, 이 때문에 시는 독자는 더 알고 싶기에 시에 매혹 당한다. 또 하나의 해명이 있다.

시가 현실의 문제를 해결해줄까. 가령 시집을 읽으면 희망이라는 단어를 떠올리거나 눈먼 믿음에 각성이 일어나 진실을 바로 볼 수 있다든지. 어쩌면 이런 물음 자체가 진부한 것이 아닌가. 입으로는 시를 옹호하면서도 현실과의 문제에서 더 절망적이게도 시의 쓸모와 효용을 따지는 습벽은 사라지지 않는다. 시와 관련된 행사를 할 때마다 말들의 우연은 지루함을 잠재우지 못했고 급기야 독자는 시가 돈이 되느냐는 직설 앞에 얼굴이 화끈거리기 일쑤다. 그럴 때마다 날숨을 부여잡고 가지런히 생각을 다듬는다. 최대한 차분하게 그리고 무심하게. 필요/불필요를 가르는 기준은 현실과의 관계에 있을 것이다. 그런데 시가 현실에서 먹고 사는 일에 관계가 없다는 이성적 사고와 더불어 자본의 시간은 개인의 욕망마저 동일한 욕망으로 소비시켜 나간다. 그것에 시는 저항한다.

미리 밝혀두지만 이 시집을 읽는 당신이 당신의 이해를 구하기 위해 시-읽기를 생략하고 시집의 끝에 달려있는 이 조악한 해설을 펼쳐들었다면, 다시 앞으로 돌아가길 정중히 권한다. 그럼에도 불구하고 굳이 읽겠다면 나는 당신에게 묻고 싶은 것이 있다. 당신은 당신이 가진 시에 대한 생각을 재확인하려고 하는가, 아니면 관성의 힘에 기대어 시의 가치와 의미에 대한 진부한 물음을 구하려 하는가. 시를 읽는 당신은 아마 세계의 설계에 기대어 그저 세계의 의미를 재확인하고 그것을 기술해 달라는 요구에 시달린 사람이다. 그래서 당신은 시는 역시 어려워, 쉬운 시도 있는데 난 이 시와 맞지 않다는 세계에 의해 수리되는 당신을 그저 이 필자는 발견하게 될 것이다. 만약 시에 상처를 입게 된다면 그것은 무척 다행스런 일이다. 작은 상처에도 온 몸의 신경이 상처에 집중이 되듯 적어도 이 시집에 무언가 집중할 테니. 나는 이 시집이 나에게 던진 상처가 자꾸 신경이 쓰인다. 그럼에도 시인의 체험이라는 관점에서 시와 미의 문제를 숙고하지 않고 오로지 관람자의 입장에서만 아무도 모르는 사이에 관람자를 미의 개념 속으로 도입하고 있다는 말은 더더욱 아니다. 미세한 자기 체험의 결여가 근본적 오류라는 이름의 살찐 벌레는 언제나 우리들의 앞에 기어 다닌다. 그래서 나는 해설을 쓴다.

정안나 시인의 시집 『은신처에서 내려오는 봄』을 읽었다. 정안나 시인의 네 번째 시집이다. 나는 이 시집을 오랜 시간을 두고 읽었다. 자서를 이렇게 기록해 두었다. "모르는 사람 쳐다보는 듯 쓴다 달맞이꽃이라 하고 양귀비꽃을 쓴다" 자서에서 알 수 있듯 그이는 "쓴다". 현재형의 시-쓰기를 한다. 그러고 보니 정안나 시인과 생활상의 접점은 퍽 긴요해 보인다. 시인의 시를 읽을 때마다 나는 시 읽기의 호흡을 끌어당겨 가지런히 놓기를 반복한다. 시인은 지금-여기의 삶을 시로 유려하게 옮겨 놓는다. "모르는 사람"을 쳐다본 적이 있었던가. 나와 타자 사이의 잿빛 풍경이 말해주듯이, 우린 서로에게 무관심하다. 얼마만큼 서로 모르는 사람이다. 그런데 익명의 존재가 익명을 쳐다본다. 서로 쳐다보질 않으니 시가 대신해서 익명의 존재를 응시한다. 그랬더니 달맞이꽃은 변신하여 양귀비꽃으로 읽힌다. 정안나 시인에게 이번 시집은 달맞이꽃의 여린 풍경이 아니었고 양귀비꽃, 독한 중독을 말한다. 이렇게 『은신처에서 내려오는 봄』에서 뚜렷해지는 언어를 이탈하는 모험들은 진부한 일상의 풍경을 뒤흔들며 기만적인 일상을 폭로한다. "폭로"라는 시어는 이 시집에서 매우 중요한 의미를 지닌다. 우리에게 일상은 진부하고 상투적이다. 매일이 반복되는 일상을 소비한다. 그러니 우리의 감각도 그저 소비되고 말아야 할 것이 되고 그 감각을 오래 소유하고 음미하는 일은 비생산적, 비능률적이라는 수식어 앞에 침식당한다. 이 반복을 폭로하는 일, 그것은 그저 현실세계를 주유하는 일, 떠돌아다니는 일, 산책하는 자의 시선에 어

리는 수행적 감각에 있다. 일상의 경험과 일상을 살아가는
주체의 움직임, 그것이 불온하더라도 이 불온성을 외면할
수 없는 자리가 시인의 자리다. 그래서 그이의 시가 난해
하다면 다시 우리는 우리를 구성하는 원심력(질서)을 의심
해 보아야 한다.

　시인은 말해도 들리지 않는 것들의 목소리를 일관되게
추적한다. 시인은 끊임없이 무언가를 시로 쓰고 말을 하지
만 그 목소리는 시인의 것이 아닌 타자의 목소리다. 이 목
소리들의 정체는 늘 옆에 있어 때론 침묵이고, 때론 소음
이다. 침묵과 소음의 층은 선택적이어서 섞고 단단히 결합
된 존재자의 안정성은 소리에 취약하다. 그래서일까. 시인
의 시는 대단히 불온하다. 불온한 삶이다. 불온한 세계의
모습이 「곁」에 있으며 그것이 시인을  육박해 온다.

　　　도와주세요

　　　선글라스에서 내려다보는 그의 손때 묻은 사연이라
　　　네 그녀는 죄송하다는 동전을 건네
　　　아직도 평화의 곁을 건네는 사람이 있네


　　　나라에서 도와주는데 저리 다니네 옆구리를 주고받
　　　는 우리는 평화의 곁에서 허둥대느라 제 발이 저리는가


　　　버스에서 종교적인 곁을 건네받고 전단지의 곁을 되

돌려줘

땅의 곁에서 자신조차 기대고 믿지 않는 자벌레가 자
신을 돋우네

하늘의 곁을 날아서 지나가는 도시철도
서 있어도 곁이 많은 버스

우리를 겨냥한 옆구리는 열리고 발은 저리네 곁에서
내리거나 겹에서 내리는 것이 먼저네

-「곁」 전문

예외상황이 일상이 되어 버려 우리는 타인의 목소리에
무감각해진다. 그러던 어느 하루에 일어난 일이다. 위의
인용 시는 버스에서 일어난 어떤 사건을 형상화한다. 나는
버스에 타 있고 갑자기 도움을 요청하는 타자는 자신의 가
난을 "손때 묻은 사연"으로 증명한다. 이 전단지 앞에서 왈
칵 불안이 겹친다. 저 이의 가난은 나와는 전혀 무관하다.
타자와의 무관함을 표현하는 저 간접화법(-네)은 이런 상
황을 예기라도 하듯 차가운 언어다. 그럴 때가 있다. 나는
타자와 무관하다. 귀를 닫고 입을 다문다. 그러나 듣지 않
으려고 애를 써도 나의 고막을 관통하는 소리가 있다. 버
스를 타고 이동 중이었을 것이다. 나는 선글라스를 끼고
"도와주세요"가 적힌 전단지를 본다. 외면하고 고개를 돌
리면 그만인데 자꾸 신경이 쓰인다. 동전을 주고 난들 평

화는 오지 않는다는 사실을 잘 안다. 자본주의 사회에서 상품의 등급으로 개인의 품격을 판단하는 것이 하등의 이상한 일도 아니지만, 가난한 사람을 돕는다는 행위는 과거의 잔재 같은 것으로 일축해버린다. 그래서 "나라에서 도와주는데"라는 반감이 들었지만 그저 아니라고만 할 수 없는 것이 나를 잠식해 들어온다. 공감과 반감이 뒤섞인 정서로 인해 "자신조차 기대고 믿지 않는 자벌레"에 감정이 입한다. 도시는 하늘을 "도시철도"가 관통해도 아무렇지도 않다. 정안나 시의 특징은 이렇게 일상의 경험을 시로 응축해낸다는 점에 있다. 타인의 고통에 대한 수행적 일상의 반복은 현대 도시의 이면을 비틀어낸다. 우리에겐 먹고 살기도 바쁜데 그들을 기릴 시간이 없다. 우리는 애도를 잃어버린 사회를 살아간다. 그러니 유령조차 되지 못한 인간이 만든 공포는 유령마저도 자본에 부인 당한다. 그저 우리는 타인의 고통을 의심해야 하고 동전에 자신은 그 고통과 무관하다는 소위 "평화"를 얻는다. 타인의 고통마저도 자본의 감각으로 마비되어 버린 현실에서 스스로를 잃어가는 "자벌레"가 되어 "자신을 돈"게 만드는 것이다. 우리의 일상은 사실 얼마나 미미하고 평범하고 반복적인지, 그 거리감은 때론 발을 저리게 한다. 애도가 되지 않으니 삶은 가슴에 뭔가 체한 듯, 체증은 쉽게 사라지지 않는다. "발은 저"려오고 질주하는 버스에서 덜컥 겁이 나기 시작한 나는 약한 인간이다. 지금 여기는 이 곁의 옆은 "옆으로 가위바위보 춤추고/옆으로 뒤집어쓰는 눈이 큰 아이"가 있다. 그리고 날숨으로 무심하게 지금 "여기는 멈추지

않고 지는 일"이 빈번한 곳이다. (「작은 것은 사라지고 큰 것은 작아
지는 곳」)


외동의 아이는 엄마를 뒤따라오며
잡다가 놓친 아이스크림을 외친다
새 공룡의 약속에도 외친다
너그러운 공룡도 지금은 어쩔 수 없다
그도 그랬을 것이므로

아기 안고 마중나온 엄마
자신의 품을 잡으면서 놓친 아이
품을 내놓으라고
키 큰 권력의 아파트를 일으켜 세우는가
작은 아기는 그의 품에서 다른 아이일까

코피 흘리며 늪지의 독사처럼 달려들던 아이
완장질하는 권력의 코피를 잡아 눕힌 그에게
나는 다른 아이였을까

강아지 빛 얼굴은
다섯 살이 고른 속옷으로
아침을 빠져나가고

유치원이 잘 키워 보내는 5시
다섯 살의 외동은 속옷이 빠져 나와

정착의 질서에서 돌아오는 유목의 시간

개와 늑대가 소리 지르는

내 안의 어린 유목은 그랬다


그러니 잠시 내버려 둬

– 「내 안의 외동」 전문

   이 시의 화자는 한 아이를 응시한다. 이 아이는 "외동"이고 '나'이기도 하고 '너'이기도 하다. 기억 속에 존재하는 아이인 나와 어른이 된 나의 목소리가 뒤섞인다. 그래서 화자의 목소리는 애초에 분열이 되어 있다. 다섯 살 아이는 아파트에서 엄마와 헤어져 유치원에 가고 오후 5시에 집으로 돌아온다. 엄마와 헤어지는 순간을 시인은 매우 흥미롭게 표현한다. 아이는 엄마와 헤어지기 싫어 아이스크림을 사달라며 떼를 쓰고 놀이터에서 엄마와 헤어져야 한다. "아기 안은 엄마 품"에서 알 수 있듯이 제목은 외동이지만 아이에겐 동생이 있다. 그래서 더욱 엄마와 아이의 관계는 애착된다. 유치원이라는 상징계에 진입하면서 생겨나는 아이의 욕망은 소외와 분리를 통해 이루어진다. 소외가 대타자의 기표 연쇄 속에서 주체의 존재 상실을 가리키는 것이라면, 분리는 이 기표 연쇄에서 벗어나는 것, 즉 주체가 대타자 속의 결여를 끌어안음으로써 자신의 존재성과 마주하게 되는 과정을 의미한다. 질투심이라기보다 "품"의 상실이자 유치원에 가야할 나이, 즉 엄마와 분리하여 상징계로 진입해야 한다는 사실에 소외를 느낀다. 이 시기의 연령대에서 아이는 "독사"처럼 맹목적이며 불안정하다. 유치원에서 집으로의 확고한 복귀의 조건에서 몸의 사용처는 권력의 절대성을 위해 아이가 희생되어야 한다는 도착된 몸(독사)의 혐오에 의해 변화한다. 극단적이지만 현실적인 태도는 유치원의 질서, 즉 훈육을 수용해야 하며 이로써 스스로 보편적으로 거래될 자격을 갖춘 대상이 된다. 그렇게 아이는 나이가 든다. 그러니 아이가 "정착의 질서"를 배우고 권력의 유통에 헛된 이미지들의 소통에 종속된 주체 되기란 여간 피곤한 일이다. "그러니 잠시 내버려 둬"라는 소진된 고백은 어른이 된 화자에게도 여전한 도주선을 제공한다. 도주는 반드시 목적지가 정해져 있지 않지만 일단 이곳에서 벗어나는 일이다. 삶이 위기에 노출되어 있기 때문이다. 문제는 도주하기 위해 도주선을 잘 긋는 일이다.

따라서 이 시집에서 몸을 움직여 장소에서 또 다른 장소로 이행하는 "이동"의 감각이 두드러진다. 예컨대 시인은 "울란 바르트의 〈평양식당〉"에서 행복의 기준으로 성장하는 어항을 보게 된다. 그리고 평양에 두고 온 이복형제를 찾아갈 수 있다는 희망을 꿈꾸는가하면(「이복 형제」), 고지도 줌 강의에서 '우암동'이라는 장소를 떠돌아다닌다. 우암동 말 그대로 소와 관련있어서 만든 지명이란다. 시인은 우암동 고지도를 보며 고지도 너머의 세계를 욕망한다. 고지도 너머엔 옛 사람들이 형상화되고 그 사람들의 이야기 속에 그들을 연결해 주는 "밀면"이 있다. "밀면"에는 "달짝지근한 약속"이 숨어 있다. 시인은 고지도를 산책하면서 그것의 흔적을 따라다니며 읽지 않은 기록을 다음과 같이 기억한다. "고향을 묶어놓은 밀면을 만드는 것 나쁜 쪽으로 흘러가지 않았"음을 안심하며 한 숨을 몰아쉰다. 그 고향의 맛이 궁금하다.(「부산이라는 가마뫼에는」) 봄이었다. 시인은 옥상에 오른다. "아이들이 가라는 구름방향"에서 경쟁마저도 무색하게 만드는 봄이었다. 옥상을 잇는 "푸른 물탱크"에서 "후회"는 세탁소에 맡겨둘 일임을 시인은 자각한다. 봄이 되었으니 작심삼일이라도 "러닝머신 위에" 올라가 볼 만하다. 그런 봄은 "청바지에 티 하나만"으로 족하다.(「봄의 옥상에서」) 봄이 오면 이 도시에서 사라진 옥상을 찾아 조락의 불안을 견디며 아슴아슴 봄의 정취에 빠져볼 일이다. 어린 시절 어린이 대공원에서 엄마의 손을 놓친 기억이 있다. 어쩌면 삶은 무릅쓰고 혼자 살아가는 과정임을 마음 속 음각이 되어버린 계기일 것이다. 어린이날은 과연 어린이를 위한 날인가라는 반문은 손을 놓친 기억이 사라지지 않았기 때문이리라. 어린이공원이라는 단어를 연상하면 동심이라는 천진무구보다는 잔혹함이 밀려들어 몸이 정신보다 먼저 알고 불안의 증상이 나타나곤 한다. 시인이 어린이대공원에서 달이 어린이대공원보다 가깝다고 고백한다. 이게 무슨 말일까. 시적 화자는 빨간 장화를 신고 있는이다. 장마 기간이었으니 장화를 선택한 건 "칭찬"을 받을만한 "탁월한 선택"이었다. 그런데 장마로부터 발이 젖지 않기를 기대했건만 장화는 통렬한 죽음을 맞이한다. 급기야 "새빨간 껍데기는 우산보다 빨리 자존심을 버"리고 만다. 이제 남은 건 "곤장 맞은 머슴의 발"처럼 제 역할을 다

하지 못한 장화로 인해 불어터진 발이 남았다. 장화가 만들어낸 예외적 상황이 재미있다. 시인은 말한다. "내게서 장마는 장화보다 가깝다//달은 내게 어린이대공원보다 가깝다" 불우한 삶은 겉으로 보기엔 태연자약하다.(『그러니까 그럴만해』) 진실은 바로 이 장화(사물)에 있다. 장화는 비로부터 발을 보호한다는 상식이 깨질 때 내 안 깊숙이 스민 말들이 나타난다. 그 말은 전적으로 나의 말이 아니므로 인지하거나 통제할 수 없는 타자의 것, 타자의 언어인 셈이다. 그러니 진실은 오롯이 타자에 흔적을 지닌 체 남겨진다. 타자를 존중하는 일은 가장 낮은 자리로 향하는 일이다.

바닥을 고치고 있다
바닥의 깊이를 들여다보는 이들
바닥보다 더 바닥으로 내려갔다 올라온다

나도 따라 내려갔다 더 내려갔다 내 바닥의 깊이를 보는 이들 얼굴을 구겨 넣고 키를 넘은 내가 흘러가는 걸 본다 평생 흘러갈 것을 다 흘리는 것으로 어제부터 입었던 옷으로 외부를 내부라 부르며 외출이다

바닥을 열면 허공 허공 아래에 두고 온 비 오는 풀장에서 바다 절벽에서 뛰어내린 폭포에서 싸우는 우수의 기억을 삭제한 대로 휩쓸리는 오수 오수받이 도시가스를 건다 중심을 바닥에 두고 흥건하다

허공의 뚜껑으로 나뒹군다 산울림으로 오는 매미는
불이 켜지는 아이의 신발을 빌려 신는다 노란꽃이 흐뭇
한 바닥을 치고 있다

바닥의 센스를 고치고 있다

— 「우수에서 오수까지」 전문

  소멸하는 것들은 어디로 가는 것일까. 인간은 인공의 힘
을 빌려 자연의 높은 지점까지 오르려는 상승의 욕망을 지
녔다는 점은 부인하기 어렵다. 그래서 하늘엔 무엇이 있는
지를 궁금히 여겼고 상승의 한계는 곧 하늘에는 무엇인가
있지만 그 무엇은 우리의 삶에 대단한 영향을 주는 것이
아님을 알게 되었다. 신은 주재적이지만 주권적이지는 않
다. 그러니 우리의 환상은 저 하늘로 오르는 상승의 욕망
을 지속적으로 부추겨 왔다. 그러니 조락하는 것들, 아래
로 향하는 것들은 상승하는 것에 비해 열등한 움직임으로
여겨진다. 상징계는 법을 통하여 바닥으로 향하는 것을 금
지시켰다. 그러나 인간은 중력의 하중을 벗어날 수가 없
다. 더 이상 내려갈 곳이 없는 바닥을 일러 막장이라고 한
다. 바닥은 그래서 삶의 끝을 의미한다. 위 시는 이런 사고
를 전복한다. 어느 날 바닥에 이상이 생겼다. 바닥을 고치
는 이들이 "바닥보다 더 바닥으로 내려갔다" 그런 그들을
따라 나도 바닥으로 내려간다. 어쩌면 가지 않아도 될 바
닥인데 나는 일부러 바닥으로 내려가 보는 것이다. 바닥으
로 내려가는 얼굴은 구겨진다. 그런데 놀랍게도 그 바닥에

서 "내가 흘러가는 걸 보"게 된다. 바닥으로의 외출은 그렇게 시작된다. 바닥을 열고 들어가면 어디에서 흘러온 물인지 모르는 그 물이 시커멓게 중력에 휩쓸려 간다. 나뒹굴고 휩쓸리는 것이 일상이라 어쩌면 빗물이 하수구물이 되는 변신의 과정이 퍽 나의 삶과 닮아있다. 그 바닥에 핀 저 "노란꽃"이 흐뭇하게 나를 보는데, 시인은 비로소 "바닥의" 감각을 마음의 하중을 느낀다. 나는 이 부분이 참 맘에 들었다. 베르그송이 말하듯 "존재를 가능케 하는 생명의 도약"은 바로 이 바닥, 오수에 던져져 있을 때가 아닌가. 당신은 떠내려 갈 것인가. 아니면 거슬러 오를 것인가. 생명의 특징은 오수 속에서도 거슬러 오른다는 것이다. 하지만 잊지 말아야 할 사실 중 하나는 물은 파르마콘, 독이 될 수도 약이 될 수도 있다. 우리의 감각은 다시 고쳐져야 한다. 아리스토텔레스를 따라 실천을 하나의 의지로 생각한다. 가장 높은 경지의 마지막 요청은 어쩌면 바닥에서 시작하라는 지고한 공식은 우수에서 오수까지 연결되어 있다. 육체의 감각 통로를 다시 사유해야 할 이유가 여기에 있다.

어떻게 살아갈 것인가는 중요한 문제이다. 왜 사는가. 인생은 무엇인가가 중요한 것이 아니라 어떻게 살아감이 문제이다. 어린 시절에 나와 놀던 그 놀이터는 그대로인데 나는 더 이상 놀이터에 가지 않는다. 인생의 놀이를 놀이터에 두고 와 버려 그 놀이터는 사라지지 않았고 다만 잊힌 존재이다. 아이가 아이를 호명한다.

아이들이 없어 아이들이 때운다
한순간에 놓치면서
아이가 없는 메시지는 푸른 발자국
발자국의 씨 뿌리기 좋지

......(중략)......

아이가 아이에게
내 어린 시절의 신전으로 와줘 했다
구겨지거나 꼬인 날씨를 업고
놀이터를 뒤집어 써
얼굴 내밀고 달려 밥이 되는 아이들이 왔다

－「푸른 놀이터」 부분

흐릿한 기억 속엔 나와 함께 놀아주던 놀이터가 있었다. 골목길을 빠져나와 아이가 있는 곳으로 늘 내달리곤 했다. 그런데 어느 순간 놀이터엔 아이들이 없다. 아이의 발자국만 남았는데 그 발자국은 차갑게 식어 있다. 그래서일까. 시인은 아이들이 사라진 놀이터에서 늙지도 변하지도 않은 어린 시절의 아이가 시인을 부르는 소리를 듣는다. "내 어린 시절의 신전으로 와줘" 나의 삶은 구겨지거나 꼬여 있다. 그렇다면 삶의 클리셰를 비틀어 "얼굴 내밀고 달려" 가야 한다. 놀이터는 기억의 환기이고 상상력의 응집체, 아이들의 신전이다. 그곳엔 아이가 놀아야만 한다. 이렇게 생각하는데 쓸쓸함이 남는 건 내가 너무 늙어 버린 것이 아닌가. 우리는 어떻게 살아가고 있는가.

　세월호 이후 누군가가 말했다. 세월호 이후 우리 사회는 사람과 짐승으로 나뉘어져 있다고. 인간다움에 대해 생각해 본다. 인간다움은 결코 저절로 생기는 것이 아닐 것이다. 그것은 부단히 노력하고 짐승성을 억압하고 무릅쓰고 타자로 지향하는 마음일 지도 모른다. 다음의 시를 읽는 내내 가슴이 아프다.

　　줄 세워 무릎 꿇고 인도를 닦게 하는
　　나치의 유대인을 대하는 사진은
　　급소를 걷어차이며 짓밟히는 네 사진을 보는 것이라는
　　머리부터 발끝까지 바닥에서 짓밟히는 네가 들끓는
　다는
　　차거나 뜨거운 바닥을 일으켜 세워
　　인도에서 잃은 인도주의자는 아닌
　　네게서 찾는 자연의 사람으로 소리지르는

　　숲에서 걷어차여 길의 뒤통수로 뒹구는
　　새끼 고양이의 주검은
　　급소를 걷어차이며 짓밟히는 네 주검이 뒹구는 것
　　머리부터 발끝까지 바닥인 네가 들끓어
　　새끼고양이가 되는 숲으로 보내는
　　길에서 잃은 인도주의자는 아닌
　　인도를 넘어 자연의 목덜미를 보내는

　　　　　　　　　　　　　　　－「초이기주의자들」 부분

이 시는 우리 시대의 알레고리다. 문명과 야만의 사이는 얄팍하다. 인간과 짐승의 거리는 가깝다. 인간은 인간에 대해 인간다움으로 용서한다. 그것이 소위 인도주의자라는 문명의 페르소나이다. 인간은 타인의 고통에 연루되기보다는 자신과는 무고하다며 결백을 주장한다. 그것이 얄팍한 인도주의다. 자신을 옹호하기 위한 환상 속에 인도주의는 이기주의를 은폐한다. 자기를 중심으로 한 사고는 위험하다. 자기를 중심으로 타자를 이차적인 것으로 두면 자신에게 불필요한 타자를 배제하고 자신이 흔들리지 않고 안정되고 싶다는 사고에 빠지게 된다. 내가 내게 가장 가까운 상태, 동일성의 사고이다. 역사가 그랬다. "짓밟히는 네 사진"을 보는 것은 힘든 일이다. 그 사진을 보고 나는 저 사진과는 무고하다고 여기는 마음이 이기주의, 즉 초이기주의다. 시인은 말한다. "머리부터 발끝까지 바닥에 엎드려 너를 일으켜 세"우는 일, 신체의 한계를 극한으로 밀어붙이는 방식이 인간다움의 길이라 넌지시 말한다. 인도를 다니면서 완전히 다른 개체들이 만들어내는 운동을 자기 안에 공생하게 만드는 일이 인간다움이 아닌지에 대해 새끼고양이의 주검에서 자신의 얼굴을 보는 자기 환시는 저 야만적인 사건과 나는 결코 무고하지 않다는 것을 증명할 것이다. 코제브는 이런 인간다움을 잃어버린 전후 사회의 모습을 동물화 되는 인간, 그리고 형식화된 가치에 입각해 그것을 부정하는 행동 양식을 스노비즘이라 불렀다. 동물이 주어진 환경에 그저 적응해서 살아가는 존재라면 인간은 주어진 환경을 변화시켜 나가는 존재이다. 어쩌면 인간이 문명을 건설하는 과정은 그저 거미가 거미줄을 치는 것과 같은 것이며 개구리나 매미처럼 콘서트를 열고 짐승이 하는 것처럼 성욕을 소비하고 있다는 인간에 대한 그의 진단은 왠지 부인하기가 힘들다. 타인의 고통을 전시하며 자신의 자리는 안전하다고 느끼는 인간이 과연 인간답다라고 말할 수 있을까. 한편 스노비즘은 그저 명예나 규율만을 형식만을 강조하는 인간의 삶을 겨냥한다. 부정적현실이라도 그것을 굳이 부정하고 형식적인 대립을 만들지 않고 현실을 그저 즐길 뿐이다. 그러니 속고 있으면서도 그저 감동을 느끼는 인간주의는 스노비즘과 동의어이다. 공감 없는 인도주의는 이기주의, 아니 시인의 말대로 초이기주의자다.

나의 기억에 정안나 시인은 문학의 자율성이라는 테제에 결코 숨어 있지 않는 시인이다. 언제나 문학이 정치적인 것과 함께 해야 한다는 생각이 그이를 문학 담론의 바깥으로 이끌곤 하였다. 시민적 요구가 있을 때마다 현장에서 정안나 시인을 보았다. 나는 그이의 시가 모더니즘이라는 테두리에 갇혀 있지 않다는 사실을 잘 안다. 많은 평자들이 정안나의 시를 모더니즘으로 계열화하곤 한다. 그러나 나는 그러한 해석에 반대한다. 정안나 시인은 규정할 수 없는 사람이자 규정된 것을 해방시키는 자기 해방으로 시를 쓴다. 나는 시를 쓰든 사회 활동을 하든 뭐라도 하고 있는 시인의 모습을 좋아한다. 욕구불만을 애도하는 방식으로의 시 쓰기가 아닌 다양한 활동들로 인해 쓸 수밖에

없는, 아니 시로 흘러들어가는 스미는 그이의 시작업을 좋아한다. 그리고 시에 나타난 무수한 타자들이 차이를 보이는 제 각각의 삶을 존중하며 그러한 삶이 무한한 하늘과 땅에서 성좌를 만들고 비추는 모습이 아름답다.

서정시가 일체의 물결이 일지 않는, 투명하고 안정된 것으로서 자기나 세계를 파악하는 것이라면 정안나 시인은 그런 전통적인 서정과는 거리가 멀다. 그이는 스스로를 탄산이고 거품이며 소음이 된다. 그러나 그이의 시에는 시끄러운 모종의 음악적 매력도 있고 세계의 아름다움도 있다. 이 글을 읽는 당신이 만약 정안나 시인의 미의식을 물어본다면 나는 감히 정안나 시인은 사물의 실용성에서 멀어지는 것, 그러나 너무 멀어지지는 않는 그저 어떤 일상의 포즈를 오롯이 응시하는 감각이 아닐까 한다. 정안나 시인이 시를 공부하고 그것을 자기 것으로 만드는 방식은 그 대상과의 거리를 철저하게 지워버리는 데 있다. 그것은 사전적 언어에 기대어 시어를 조합하는 것이 아니라 그 자신이 대상 쪽으로 이동하고 스며든다. 그것으로 되는 것에 있었다. 들뢰즈가 말하듯 '되기'는 대상과의 유사성을 발견하거나 대상을 모방하는 식으로 이루어지지 않는다. 되기는 모방도 유사성에 따른 동일시도 아니다. 오히려 그이의 시가 낯설게 느껴지는 것은 서로 다른 것들의 인정과 관계 속에서 다양한 이질성들이 함께 존재하는 장소를 만들어내는 과정에 가깝다.

한 시인과 계절을 함께 걸었다는 건 퍽 행운이었다. 나는 여름 그리고 가을을 정안나 시인과 함께 걸었다. 잘 듣는 귀와 조금은 나아진 심장을 얻었다. 그리고 타자의 상처, 가장 낮은 곳의 목소리가 그 자리가 중심임을 새삼 깨닫는다. 눈먼 독자의 해설이기에 정안나 시인에게 조금은 미안한 감정이다. "대문 앞의 쪼그린 담배"에서 봄의 아지랑이를 발견하는 정안나 시인에게 "다시힘을내봄"-다시 힘을 낸다는 결기와 부정한 현실에도 다시 봄은 힘을 내며 온다는 이중적 뜻-(「다시힘을내봄」) 그 결기를 응원한다. 이것이 다음 시집을 고대하게 되는 이유다.